E
Evincepub
Publishing

Evincepub Publishing

Parijat Extension, Bilaspur, Chhattisgarh 495001
First Published by Evincepub Publishing 2021
Copyright © Madhav Kumar Jha 2021
All Rights Reserved.
ISBN: 978-93-5446-159-0

Dear Angel

तुम बदल गए

◆

माधव कुमार झा

कुछ बातें

बदलाव इस संसार का नियम है और इस बदलाव से प्रभावित होना हमारा स्वभाव है। उसी बदलाव से मन में उठे भावनाओं की तरंगें को शब्दों के माध्यम से पन्नों पे उतारने की कोशिश किया है ।

उनसे मिलने की ख़ुशी, उनके साथ का एहसास, उनसे बिछड़ने का ग़म और इन सब को ठीक ना कर पाने की मलाल, यही यही दिल की सब बातों को इस किताब "Dear Angel : तुम बदल गए" में कविता के माध्यम से लिखने का प्रयास किया है ।

आपको पढ़कर अच्छा लगेगा, उम्मीद करता हूँ ।

- **माधव कुमार झा**

मैं समझ नहीं पाया आजतक
की तुम बदले तो वक़्त बदला
या वक़्त बदला तो तुम बदल गए

विषय सूची

फिर एक मेरी दोस्त बनी है

सोचा था अब कोई नहीं आएगी ज़िन्दगी में
पर जोर किस्मत की, फिर एक, मेरी दोस्त बनी है

जख्मों से भरा हुआ मन मेरा
एक मरहम सी, मेरी दोस्त बनी है

मैं अधूरा हूँ, टूटा सा, बिखरा हूँ आ
मुझमें ना जाने कितनी कमी है

मेरी कमियां को पूरा कर रही
वो एक मासूम सी, मेरी दोस्त बनी है

सुनाए कम, वो सुनती ज्यादा, दिल को सुकून दे
ऐसी एक लड़की, मेरी दोस्त बनी है

क्या बताऊँ, कैसी है वो, बहुत अच्छी है वो
जो प्यारी सी लड़की, मेरी दोस्त बनी है

सोचा था अब कोई नहीं आएगी ज़िन्दगी में
पर जोर किस्मत की, फिर एक, मेरी दोस्त बनी है।

पसंद आए

मिले कभी वो और
उसको वो मुलाकात पसंद आए
रहे वो साथ मेरे
उसे वो साथ पसंद आए

कुछ अलग सी बात उसमें
कुछ अलग सी महकती है
मेरे प्यार की भी कद्र करें वो
उसे मेरा होना भी रास आए

बेफिक्र सी रहती है
वो अपने में ही गुमसुम
मेरे साथ रहे जब जब वो
अहसास उसको भी खास आए

बंजर सा दिल मेरा
उजड़ी हुई जिंदगी है मेरी
उसे इश्क़ हो जाए मुझसे
फिर प्यार की बरसात आए

मेरे दिल की रानी
मेरे दिल पे राज करें वो
ना रहूँ साथ उसके तब,
उसे भी मेरा याद आए।

तुम सबसे अच्छे हो

मैं क्या बताऊँ तुम्हें, तुम कौन हो
देखो एक बार तुम खुदको, अपनी नजर से
तो तुम्हें पता चले
तुम कितने अच्छे हो
सबसे अलग हो तुम
सबसे ज्यादा अच्छे हो

मैं क्या बताऊँ तुम्हें, तुम कैसे दिखते हो
देखो जो तुम खुदको, दर्पण में
तो तुम्हें पता चले
तुम कितने सुंदर हो
सबसे खूबसूरत तुम
जैसे नूर हो

मैं क्या बताऊँ तुम्हें, तुम क्या हो
सोचो कभी खुदको तुम
तो तुम्हें पता चले
कि तुम कितने ख़ास हो
रहते·सबके दिल के कितने पास हो

कहो अगर तुम तो
बहुत कुछ मैं भी बता सकता हूँ
पर मेरे नजर से जैसे हो तुम
उससे और भी ज्यादा अच्छे हो तुम

तो
देखो खुदको खुदसे एक बार
सोचो खुदको खुदसे एक बार
और जानो खुदको खुदसे एक बार

कि
तुम कितने अलग हो
तुम कितने ख़ास हो
तुम कितने अच्छे हो।

मैं जिस बाग़ में रहता हूँ
उस बाग़ के सबसे ख़ूबसूरत फूल हो तुम

तुम मेरे दोस्त ऐसे ही रहोगे ना

तुम मेरे सबसे अच्छे दोस्त हो
क्योंकि तुम सबसे अच्छे हो

एक सवाल है तुमसे

अगर तुम्हें मैं दोस्त से ज्यादा मानने लगूँ कभी
थोड़ा सा
ये दिल गलती करले कभी
तो तुम अपनी दिल की बात (चाहे हां या ना) बताओगे ना ?

अगर तुम्हें लिए फिर भी मैं possessive हो जाऊँ
और शायद तुम्हें वो बुरा लगे
तो मुझे मैं गलत हूँ बताओगे ना ?

मैं कोशिश करूँगा ये गलती मुझसे ना हो कभी
अगर हो जाये तो
Block करके तुम नहीं जाओगे ना ?

उलझ जाए हमारी दोस्ती कभी ऐसे उलझन में
तो तुम शान्ति से
दोस्त बनकर मुझे अभी की तरह ही समझाओगे ना?

अगर मान लो
किसी दिन मुझे तुमसे इश्क़ हो जाए
और तुम्हें मुझसे ना हो

तो तुम मेरे दोस्त ऐसे ही रहोगे ना ?

तेरे वादे पर यकीन हैं मुझे
फिर भी तसल्ली रोज़ दिया कर

अच्छा लगता है

ऐसे तो हजारों कहने को दोस्त है यहाँ
पर तुम्हारा साथ होता है तो अच्छा लगता है
बड़ी बातें करने वाले बहुत है यहाँ
तुम कुछ ना कहो फिर भी सच्चा लगता है

हर चीज़ जानता हूँ मैं पहले से, पर तुमसे
फिरसे वही चीज़ सुनना अच्छा लगता है
ज़िन्दगी जीने का तरीका मालूम था मुझे पर
तुमसे फिरसे वही सीखना अच्छा लगता है

रहने के लिए साथ मैं सब के रह लेता हूँ पर
तुम्हारें साथ वक़्त गुज़ारना अच्छा लगता है
तुम जब से आयी हो मेरी ज़िन्दगी में
तबसे मुझे ज़िन्दगी जीना अच्छा लगता है।

कोई हद्द है तो उस हद्द से ज्यादा बन जा
तू पूरा नहीं बन सकती, तो आधा बन जा

बात आगे बढ़ाए क्या

दोस्त तो हो गए हम
इससे आगे बात बढ़ाए क्या

गैर तो अब तुम नहीं हो
अब एक दूसरे को अपनाए क्या

भरोसा तो जीता है हमने
अब एक दूसरे की साथ निभाए क्या

करीब तो है ही हम
अब साथी होने का अहसास दिलाए क्या

मैं तुम्हारा तुम मेरी तो हो ही
अब अपना हक एक दूसरे पे जताए क्या

सफर में साथ तो है ही
अब हमसफर भी बन जाए क्या

एक तुम एक मैं और एक ही है ज़िन्दगी
तो तुम और मैं भी एक ही क्यों नहीं होते।

इश्क़ हो गया

दुनिया को जीता है जिसने
उसका भी दिल है खो गया
तुम अब ख़ास बन गए हो
पता नहीं कैसे तुमसे इश्क़ हो गया

सारी दुनिया को समझा जिसने
वो तुझको ना समझ सका
तुझसे इश्क़ हुआ है मुझे
मैं खुदको भी हूँ भुला बैठा

तुमने देखा इन आँखों में जैसे,
तुझमें ही वो कही खोने लगा
कहना था तुमसे बहुत कुछ
सामने आयी तू तो कुछ ना कह सका

नदियों की पानी जैसा गुण जिसका
तेरे किनारे आ के वो ना बह सका
दुनिया छोड़ के बरसो से जो बैठा है
वो एक पल तेरे बिना ना रह सका

कुछ अलग सी बात है तुझमें
जो तू खुदसे भी ज्यादा ख़ास है
आँखें खोलूँ तो तेरे आने की राह देखे
आँखें बंद तब तू मेरे पास है।

तुम्हें खो देने का डर

कितनी बार तुमसे झूठ कहूँ तुम्हें
खो देने के डर से
क़ि तुमसे प्यार नहीं है

लो आज सच बोल ही देता हूँ
तुमसे प्यार किया है
सिर्फ तुमसे ही प्यार किया है
हाँ ! तुमसे प्यार है
बेइंतेहा है
और हमेशा करता रहूँगा
क्योंकि मुझे सबसे ज्यादा ख़ुशी
अगर कुछ देती है तो वो हो तुम
तो तुमसे प्यार कैसे नहीं होगा

लेकिन मुझे पता है
और ये समझ भी है क़ि
प्यार करना बस प्यार करना होता है
चाहना नहीं होता
उससे पाना नहीं होता

मैं झूठ नहीं बोलूंगा
तुम्हें चाहा भी है
और पाने क़ि दुआ भी क़ि है

लेकिन वो अलग बात है
तुम्हें चाहने से ज़्यादा
मैंने तेरी हँसी को चाहा है
तुम्हें पाने क़ि दुआ से ज्यादा
तेरी ख़ुशी के लिए दुआ किया है

तुम्हारे जिस्म की ख़्वाहिश नहीं है मुझे
मैं बस तेरे होने के एहसास से ही खुश हूँ
तुम मेरी बनो, इतना बड़ा सपना नहीं देखता मैं
तेरे आस पास हूँ, और मैं इसीसे खुश हूँ

मैंने प्यार किया है तुमसे
और इसके बदले में तुमसे कुछ नहीं चाहता
उस खुदा ने तुम्हें देखने क़ि इज़ाज़त दी है
आपसे प्यार करने क़ि इज़ाज़त दी है
इतना बहुत है मेरे लिए
इसीलिए आप से कुछ नहीं चाहिए

तुमसे प्यार है
और हाँ उस प्यार के लिए कुछ करना चाहता हूँ
तुम्हारे अच्छे वक़्त में तुम्हारी खुशियों की
जश्न मनाना चाहता हूँ
अगर बुरे वक़्त आए तो तेरे साथ रहना चाहता हूँ

आपकी जिंदगी क़ि सफर में
भले आपका हमसफ़र मैं ना बन पाऊँ
लेकिन
आपकी हमेशा ख़ुशी चाहने वाला दोस्त बन के रहूँ

ये चाहता हूँ

आप से एक बात कहना चाहता हूँ
आप मुझे अपने साथ चलने क़ि इज़ाज़त दो
आप का बस एक दोस्त बन के रहूँ
आप से निस्वार्थ प्रेम करना चाहता हूँ,

तेरे दिल में रहूँ कोई ख़ास बनकर
या तेरे दिल के करीब रहूँ दोस्त बनकर

सफर में साथ रहने वाले होते तो हमसफ़र ही है।

इश्क़ में तुम साथ रहो ये जरूरी है
मेरे बन के ही रहो ये जरूरी तो नहीं

फर्क सिर्फ इतना

तेरे दिल में भी प्यार है,
मेरे दिल में भी प्यार है,
फ़र्क़ सिर्फ इतना
मेरा तुम्हारे लिए
तुम्हारा किसी और के लिए

तेरे ख़्यालों में भी कोई बसता है
मेरे ख़्यालों में भी कोई बसता है,
फर्क सिर्फ इतना
मेरे खेलों में तुम
तुम्हारे ख़्यालों में कोई और

तू भी तो कुछ बोलना चाहती है
मैं भी कुछ कहना चाहता हूँ
फ़र्क़ सिर्फ इतना
मैं तुमसे और
तुम किसी और से

तुम भी तो खुश हो जाती हो ना प्यार के नाम से
मैं भी तो खुश हो जाता हूँ
फ़र्क़ सिर्फ इतना
मेरा प्यार तुम
तुम्हारा कोई और

तेरे हाथ भी दुआ के लिए उठते हैं ना
मेरे हाथ भी दुआ के लिए जुड़ते हैं ना
फ़र्क़ सिर्फ इतना
मेरा तुम्हारे लिए
तुम्हारा किसी और के लिए

सपनें तुम भी सजाते हो
सपनें हम भी सजाते हैं
फ़र्क़ सिर्फ इतना
मेरे हर सपनें का हिस्सा तुम
तुम्हारे हर सपनें में कोई और

तुम भी तो रोते हो, उदास भी तो होते हो
मैं भी तो रोता हूँ, उदास भी होता हूँ
फ़र्क़ सिर्फ इतना
मैं तुम्हारे लिए
तुम किसी और के लिए

तेरी आँखों में भी सपनें है
मेरे आँखों में भी सपनें है
फ़र्क़ सिर्फ इतना
मेरा तुम्हारे लिए,
तुम्हारे में कोई और

तुम्हारे धड़कन में भी कोई बसता है
मेरे धड़कन में भी कोई बसता है
फ़र्क़ सिर्फ इतना
मेरे में तुम

तुम्हारे में कोई और

तुम भी तो पागल हो ना प्यार में
हम भी तो पागल है ना प्यार में
फ़र्क़ सिर्फ इतना
मैं तुम्हारे लिए
तुम किसी और के लिए

प्यार तुम्हें भी है
प्यार हमें भी है
फ़र्क़ सिर्फ इतना
मुझे तुमसे
तुम्हें किसी और से।

तुम्हारी पसंद क्या है इससे हमें क्या ऐतराज़ होगा
हमे तुम पसंद हो इतना पता है

पर इतना भी तो सही है ना

पता है मुझे

तुम मेरी नहीं होगी कभी

और पता है तुमको
मैंने बस तुमसे प्यार किया है
तुम्हें चाहा है
पर माँगा कभी नहीं
पता है मुझे
तुम कभी मेरी नहीं हो सकती
और मुझे इसका कोई दुःख नहीं

हाँ
और
तुम मेरी ख्वाबों में ही अच्छे लगते हो
मेरी ज़िन्दगी में रख सकूँ तुमको ये मेरी औकात भी नहीं

चाँद अगर मुझे मिल भी जाए
तो मैं करूँगा क्या
मैं उससे रखूँगा कहाँ
चाँद को आसमां दिला सकूँ ये
मेरे बस की बात भी नहीं

अगर प्यार सच्चा है
तो मेरी बस एक दुआ होगी
की आप को आपका आसमां मिल जाए

और उन सितारों के बिच
आप हमेशा चमकती रहे

आप मुझसे थोड़ा दुर तो रहेंगी
पर मेरी नजर के सामने रहेंगी
हर शाम आपको देख सकूँ
रात भर आपको अपनी बात कहूँ
आप से बातें करूँ
जो है मेरे दिल में आप को वो सब सुना सकूँ
आप ना होते हुए भी
आप मेरे साथ रेहेंगी

हाँ आप थोड़ा दूर तो है मुझसे
पर जितना है उतना ही काफी है

हमने आपसे प्यार किया है
और आपके बदले में आपकी खुशियाँ मांगी है

थोड़ा दूर हो मुझसे तुम,
पर मेरी हो
इतना काफी होता है,
एक इश्क़ मुकम्मल होने के लिए।

❧ माधव कुमार झा ❧

मेरे क्यों नहीं होते

अगर प्यार करते हो मुझसे तो
तुम मेरे क्यों नहीं होते

दिल में तस्वीर मेरी सजाई है
फिर मुझे क्यों उसमें रहने नहीं देते

तेरी ज़िन्दगी मेरे बिना अधूरा है जब
तो मुझे मिला के पूरा क्यों नहीं करते

दर्द होती है और दवा भी पता तुम्हें
तो ये मर्ज की दर्द क्यों हो सहते

और कोई को बसने की इज़ाज़त भी नहीं तेरी आँखों में
तो मुझे क्यों नहीं बसने देते

जब प्यार करते हो मुझसे तो
तुम मेरे क्यों नहीं होते।

ना जाने कौन सी बंधन है
जो तुम्हें मेरे होने से रोकती है

तुम सबसे अच्छे हो

—◆—

तुम कौन हो मेरे लिए
ये बता रहा हूँ मैं
तुम थोड़ा अच्छे से सुन लेना
और पढ़लो ये सब तब
मैं कौन हूँ, तुम्हारे लिए
ये तुम बता देना

मेरे दोस्त बहुत है
और तुम भी उनमें से एक हो
पर पता है तुम में क्या खासियत है
वो सब मेरे साथ रहना चाहते हैं
और मैं बस तुम्हारे साथ

बहुत थे पहले भी
और बहुत है अभी भी
जिन्हें दोस्त कहता हूँ मैं
जो मुझे अपना दोस्त कहते हैं
पर वो सब मुझे अपनों सा नहीं लगते
मेरे करीब हो के भी, दिल से दूर रहते हैं
मैं सबका हूँ, सब के लिए हूँ
पर तुमसे पहले मेरा कोई नहीं था

मुझे तलाश थी कुछ हमेशा से
कुछ अलग सा चाहता था मैं
जिससे मिलके लगे कि हां ये है वो

जिसके साथ मैं रहना चाहता हूँ
ऐसा कोई जिससे मैं
अपना सब कुछ share करना चाहता हूँ

और वो तलाश
तुम्हारे आने के बाद ख़त्म हुआ
जो दोस्त का मतलब पता था मुझे
वो साथी, तुम मिले, तब मुझे मिला
तुम मिले तो लगा कि हां ये मेरे लिए ही है

एक दोस्त जिससे मैं सब कुछ कहूँ
एक साथी जो मेरा साथ कभी ना छोड़े
एक वो जो मुझसे निस्वार्थ प्रेम करें
एक ऐसा कोई जो मुझे अपना दिल में रखे
मैं सही हूँ या गलत वो निष्पक्ष होके बोले
कभी उसे कुछ कहना हो तो बेझिझक कहे और जब मैं बोलूँ
तो वो दिल से सुने

एक दूसरे के प्रति
प्यार हो बस
विश्वास हो बस
मैं ना उससे डरूँ
और वो ना मुझसे डरे

ऐसी एक दोस्त की तलाश थी
जो तुम मिले तो
मुझे वो मिल गया
तुम मिले

मुझे लगा सब मिल गया
साथ देने वाला साथी
भरोसेमंद दोस्त
और
मुझसे बहुत सारा प्यार करने वाला दोस्त

सब तुम में मिल गया
जितना सोचा था
तुम उससे कई ज्यादा हो
तुम बहुत अच्छी हो
मैं तो ये सोचूँ की
सायद तुम अच्छाई से भी अच्छी हो

सबसे प्यारी तुम
सबसे खूबसूरत हो
दोस्ती के रूप में प्यार मिला है मुझे
जैसे इनसान के रूप में देवी की मूरत हो।

तुम मिले थे इस दिन

ज़िन्दगी के रास्ते बदले, ज़िन्दगी का हिसाब बदला,
मेरे सपनें बदले, मेरे ख़्वाब बदला,
मेरे तमन्ना भी कुछ और हुई, मेरा अरमान बदला,
मेरी सोच बदली, मेरा जहान बदला।

यही तो वो दिन है
जब मेरा सब कुछ बदला था
यही तो वो दिन है
जब मैंने जिंदगी को समझा था
यही तो वो दिन है
जिसने मेरे सवालों के जवाब दिए
यही तो वो दिन है
जिन्होंने मेरे ख़्वाब पूरे किए।

सब कुछ इस दिन ही तो हुआ था ये दिन वही है ना
जब मैं पहली बार तुमसे मिला था
ये खास दिन कुछ इस तरह से खास है मेरे लिए
लगा जैसे कि दुनिया पा लिया है मैंने
जब ये दिल तेरे दिल से जुड़ा था।

आज ही तो है ये दिन
जब तेरी रूह मेरे रूह से जुड़ी थी
आज ही तो है ये दिन
जब मेरे कदम तेरी ओर चली थी
आज ही तो है ये दिन

जब तेरे मेरे बीच प्यार के फुल खिले थे
आज ही तो है ये दिन
जब हम पहली बार मिले थे।

कुछ कहाँ बदला,
ये सब कुछ तो वही है,
तुम भी, मैं भी, और ये जहाँ भी और आज की तारीख़ भी,
बस साल बदले हैं।

साल भर में जैसे ये दिन एक बार आ ही जाता है
तुम भी चले आओ ना कभी ऐसे ही

साथ रहोगे ना हमेशा

गिनती के चीज़ों को देने में
हिचकिचाते हैं लोग यहाँ
बिन मिले भी
खुदको सौंप दिया तुमने

बिना देखे, बिना मिले
इतना भरोसा कर लिया तुमने
दिखावा हो सकता है मेरा प्यार
ये भी ना सोचा तुमने

सारे राज खुदके खोल दिए
अपने बारे में
मैं कौन हूँ, क्या हूँ
ये भी ना पुछा तुमने

तेरा दिल बहुत मासूम
बच्चे जैसा
डरता हूँ कि ये भरोसा
किसी गलत पे ना कर जाए

दिल टूटे तेरा
मन उदास ना कहीं हो जाए
जो बचपना है फूल जैसी तुमने
वो ना कहीं खो जाए

तुम सबको अपना बना लो
पर आप किसी का ना बनो
बंध के भी सारे बंधनों में
खुले विचार के साथ आज़ाद रहो

वैसे तो इन बातों को
अलग ही कुछ मतलब है
पर जो तूने किया आज, खुश हूँ
और ये भी सच है

कितना करीब तेरे दिल के मैं
ये बताया तुमने
प्यार बहुत करते हो मुझसे
ये जताया तुमने

तुम साथ हमेशा
ऐसे ही रहोगे ना
सपनें जैसे सुंदर तेरा प्यार है
हमेशा ऐसे ही प्यार करोगे ना।

ये बातें सुनके तेरा आँख भर आया
क्या करता दिल तेरे नाम कर आया

मेरे दर्द को बिन बताए जान लेते हो

जब भी डूबने लगता हूँ मैं
तुम मेरे हाथ को थाम लेते हो

हैरत होती है मुझे, कुछ ना कहूँ मैं
फिर भी मेरे ग़मों को कैसे जान लेती हो

हंसता रहता हूँ, आजकल, फिर दर्द मेरे
कैसे तुम पहचान लेती हो

मैं पूछूँ तुम्हें, तुम कुछ बताते नहीं
दूर खड़े जैसे सब कुछ से अनजान रहते हो

हैरत होती है, सब कुछ अपना देके मुझे
फिर भी खुदको खुश कैसे मान लेते हो।

मेरा इश्क़ मुकम्मल है

जिस्म की किसको पड़ी है
तुम रूह से मिलाओ तो
मेरा इश्क़ मुकम्मल है

लाखों के भीड़ में हाथ पकड़ूँ तेरा
और तुम ना छुड़ाओ तो
मेरा इश्क़ मुक़म्मल है

तुम ना होते हुए भी
होने का एहसास दिलाओ तो
मेरा इश्क़ मुक़म्मल है

मेरे बाँहों को
तकिया मान सो जाओ तो
मेरा इश्क़ मुक़म्मल है

मुझे देख कर
ख़ुशी से खिल जाओ तो
मेरा इश्क़ मुक़म्मल है

मुझे आँखों के साथ
दिल में बसाओ तो
मेरा इश्क़ मुक़म्मल है

कुछ ना हो अगर मेरे पास
फिर भी तुम रह जाओ तो
मेरा इश्क़ मुक़म्मल है

तुम मेरे जैसे बनो नहीं कहता
मुझे बदल पाओ तो
मेरा इश्क़ मुक़म्मल है

अपनी ख़ुशी के साथ साथ
ग़म भी सुनाओ तो
मेरा इश्क़ मुक़म्मल है

मेरे साथ के साथ
मेरे बाद मेरे याद से खुश हो जाओ तो
मेरा इश्क़ मुक़म्मल है

लाखों के भीड़ में हाथ पकड़ूँ तेरा
और तुम ना छुड़ाओ तो
मेरा इश्क़ मुक़म्मल है।

कोई जादूगर हो तुम या
तुम है मुझसे इश्क़ कर बैठें हो

तुम रहना साथ मेरे

डर लगता है सबसे अब
तेरे सिवा भरोसा करूँ किसपे यहाँ
साथ रहना तुम मेरे
हमेशा तुम मेरे साथ रहना

सिर्फ तुम को ही पाया मैंने
जब मुझे जरूरत थी
ज़िन्दगी से प्यार करना सिखाया तुमने
नहीं तो खुदसे भी नफरत थी

तुम्हें देखता हूँ
और खुश हो जाता हूँ
कोई मेरे पास है
जो मुझसे ज्यादा मेरा ख़्याल रखती है
ये सोचता हूँ
और खुश हो जाता हूँ

तुम ऐसे ही मेरे साथ रहना
मेरे गलतियों को सुधारना
मेरे गलतियों पे थप्पड़ लगाना
पर ऐसे ही मेरे साथ रहना

तुम हो मेरे लिए क्या
ये बता नहीं सकता

बस इतना कहूँगा
जब भी तुमसे बात होती है
मैं सब ग़म भुल जाता हूँ
ख़ुदसे मिल गया लगता है
और ख़ुश हो जाता हूँ।

तुम खुदा हो क्या ?
तुम्हें देखते ही मैं तुममें खो जाता हूँ

तुम कितने अच्छे हो

तुम कितने अच्छे हो
तुम्हारी हर चीज़ कितनी अच्छी है

तुम कितने अच्छे हो
जब तुम साथ होते हो
सब अच्छा होता है
सब अच्छा लगता है

तुम कितने अच्छे हो
जब भी तुमसे बात करता हूँ
मन हल्का होता है
दिल को सुकून मिलता है

तुम कितने अच्छे हो
जहाँ भी तुम रहते हो
वो जगह खुशियों से भर जाता है
अपना गम भुल, सब मुस्कुराता है

तुम कितने अच्छे हो
जिसके साथ भी होते हो
वो मुस्कुराता है
दिल खुश हो जाये, और नाचता जाता है

तुम कितने अच्छे हो
लोगों को जीना सिखाते हो

हर पल खुश कैसे रहते हैं
ये बताते हो

तुम कितने अच्छे हो
तुम्हारी हर चीज़ कितनी अच्छी है

तुम्हारी ये आँखें कितने अच्छे हैं
जो हमेशा अच्छाई ही सब में देखती है
तुम्हारा मन कितना साफ़ है
जो हमेशा सब की भले के लिए सोचती है

तुम्हारी मुस्कान कितनी अच्छी है
जिसे देख सारी ग़म भुल जाते हैं लोग
तुम्हारी बातें कितने अच्छे हैं
लगता है जैसे, जीवन का सार है

कोई कैसे इतना अच्छा हो सकता है
कोई कैसे इतना खुश रह सकता है
कोई कैसे इतना खुशियाँ बाँट सकता है
और क्या बताऊँ मैं तेरी अच्छाइयाँ
सोचने पे मजबूर हो जाता हूँ, हर बार मैं

जब देखता हूँ, इस दुनिया को,
तब सोचता हूँ
सबसे कितनी अलग हो
कितनी अच्छी हो

तुम भी इंसान ही तो हो
पर तुमने कोई बुराइयाँ नहीं
तुम इंसान हो भी नहीं
ये सोचने पे मजबूर हो जाता हूँ

तुम अच्छाई के साथ हो या
तुम्हारे साथ अच्छाई रहना चाहता है
फिर सोचता हूँ मैं
लगता है मुझे, तुम अच्छाई से भी अच्छी हो

सबसे अलग
सबसे प्यारी
कितने अच्छे हो तुम।

ढूंढने से भी ना मिले कोई दाग जिसमे
वो चाँद हो तुम

कैसे मैं समझदार बनूँ

मुझे समझने के लिए
आपका समझदार होना जरूरी है

एक ख़्वाहिश है तू मेरी
मेरे हक़ और औकात से परे

एक ख़्वाब है तू मेरी
मेरे हालात और हक़ीक़त से परे

एक रहस्य है तू मेरी
मेरे सोच और समझ से परे

एक नादानी है तू मेरी
मेरे समझ और समझदारी से परे

एक प्यार है तू मेरी
मेरे चाहत और जरूरत से परे

एक भगवान है तू मेरी
मेरे भक्ति और समर्पण से परे

एक सच है तू मेरी
मेरे सच और झूठ से परे

एक दृष्टि है तू मेरी
मेरे नजर और नजरिये से परे

एक सोच है तू मेरी
मेरे दिल और दिमाग से परे

बहुत कुछ है तू मेरी
मेरे बहुत और कुछ से परे

तू सब में मुझे मिलती है
सब तुझमें मुझे मिल जाता है
तू क्या है ये कैसे मई सोचूँ
मेरे सोच में भी है तू
तू समझने की बात करती है
मेरी नासमझी में भी है तू

तू ही बता
मैं कैसे तुझे समझूँ
तू ही बता
मैं कैसे समझदार बनूँ।

तुम अपनी मर्जी से जियों
ये भी तो एक वादा था मेरे इश्क़ का

रहे दूर तो ही अच्छा है

नदी के किनारे की तरह
रहे हम सदा
एक दूसरे से दूर
तो ही अच्छा है

तू लड़की हंसमुख
मैं लड़का उदासीन
एक दूसरे के कभी ना हो
तो ही अच्छा है

दीवार दोनों के बीच
वो निराकार पानी बने
और हम एक दूसरे से ना मिले
तो ही अच्छा है

नज़रों के सामने तू रहे
आँखों से अपनी बात कहे
पर दिल के बीच दूरियाँ हो
तो ही अच्छा है

नज़रों के सामने तू रहे
आँखों से अपनी बात कहे
पर दिल के बीच दूरियाँ हो
तो ही अच्छा है

दिल में रहो तुम
अपना भी कहो तुम
पर एक दूसरे से प्यार ना करें
तो ही अच्छा है

तेरी मुस्कुराहट बहुत अच्छी है
तू हस्ते हुए अच्छी लगे
मेरी आँखें बहुत खूबसूरत है
मैं रोता हुआ अच्छा लगूँ

तेरी हँसी में मैं
अपनी आँसूं मिलाऊँ
ये जोड़ी ना बने
तो ही अच्छा है

प्यार है तुमसे बहुत
चाहता भी बहुत हूँ
पर तुम ना मिलो मुझे
तो ही अच्छा है

मेरे साथ रहके
मुरझाने से अच्छा
दूसरे के हो के खिलो तुम
तो ही अच्छा है।

एक बार सच बता देना

दिल से उतर जाऊँ तो
तुम नज़रों से ना गिरा देना
मेरा साथ अगर अच्छा ना लगे
तो मुझसे बस एक बार बता देना

गलतियां खामियां ये सब
ढूंढने की कोशिश क्यों करते हो
तेरे ख़ुशी से खुश मैं, हट जाऊँगा
बस तू एक बार सब सच बता देना

अच्छा नहीं, जब गलतियों की बहाना कर
अपना वादा साथ रहने की तोड़ देते हैं
जब मन नहीं करता रहने को उन्हें
तो निचा दिखा के छोड़ देते हैं

रहने के लिए नहीं कहूँगा कभी
तुम मुझे एक बार बस बता देना
तेरे फैसले की कद्र होगी मेरे तरफ से भी
तुम्हारा जो फैसला होगा वो बस सुना देना

तुम अच्छे हो बहुत
तेरा दिल मैंने देखा है
एक गलती किया मैंने, कुछ सोच के
और तूने अलग ही कुछ सोचा है

खैर, तेरी मर्ज़ी
तेरा वादा, तू तोड़ भी सकती है
मैं कोण हूँ कहने वाला
जैसे चाहे वैसे छोड़ भी सकती है

बस एक बात है कहना
रिश्ते ऐसे तोड़े नहीं जाते
खुदकी ख़ुशी की परवाह करना ठीक है
पर नीचा दिखाके किसी को, छोड़े नहीं जाते

नहीं रह पा रहे हो अब साथ मेरे
तो सीधे सीधे बता देना
फैसला तेरा जो भी हो मंज़ूर मुझे
तुम प्यार से बस एक बार बता देना।

बस तू मिसाल है अच्छाई की
इन आँखों के लिए
इनका भरोसे का ख़्याल रखना

अब आ भी जाओ

ये तड़प का एहसास जानते हुए भी मुझको तड़पाते हो
मुझे तो तुम रुकने के लिए कहते हो
क्या खुदको रोक पाते हो

बस करो ना अब
अब मान भी जाओ
मुझे अपना बना लो फिर एकबार
फिर एकबार तुम मेरी बन जाओ

अब सहा नहीं जाता है
तेरा मेरे साथ ना होना
अब कमजोर पड़ रहा हूँ मैं
तुम मेरा हाथ थम लो ना

मैं जानता हूँ
तुम भी तड़पते हो
फिर क्यों दूर हो
फिर क्यों दूर मुझे खुदसे करते हो

आओ ना एक बार फिर खुशियाँ ढूंढते हैं
फिर हस्ते है, फिर फूल की तरह खिलते हैं

अब आ जाओ तुम
अब ज्यादा कह ना पाऊँगा

टूट रहा हूँ मैं
अब शायद बिखर जाऊँगा

ऐसे ना तड़पाओ
जीते जी ही मर जाऊँगा

अब बस भी करो
ये सब
अब आजाओ तुम
अब आजाओ ना।

चाहे कुछ भी बात हो,
तुमसे हो,
अच्छा लगता है

मैं भरोसा नहीं करता

तुम कहते हो, इश्क़ करते हो,
मैं कहने वालों पे भरोसा नहीं करता

तुम कसम खाते हो, इश्क़ है कह के,
मैं कसम खाने वालों पे भरोसा नहीं करता

खुद दिख जाए, खुद महसूस हो जाए, तो ठीक है,
मैं रिश्तों को तराशने वालों पे भरोसा नहीं करता

तुम समझ जाओ, मेरे दिल की बात, तो ठीक है,
तुम समझोगी मेरी बताई हुई बात को, इस बात पे भरोसा नहीं
करता

दिल की बात दिल ही समझे तो ठीक है,
बता के समझने वालों पे भरोसा नहीं करता

तुम बिना हक़ के हक़ जताओ, तुम्हें हक़ है,
पर रिश्तों के सहारा लेकर हक़ जताने वाले पे भरोसा नहीं
करता

मन मिलेंगे खुदसे, या कोशिश मिलने की, ये ठीक है
जबरदस्ती मन मिलाने वाले पे मैं भरोसा नहीं करता।

कुछ भी नहीं आता क्या ?

तड़पाते हो बहुत अच्छे से
दिल जलाते हो बहुत अच्छे से
लेकिन
तुम्हें दिल लगाना नहीं आता क्या ?

जानता है तुम्हारा दिल भी
सब कुछ मेरे बारे में,
पर सच क्या है तुम्हें
खुदको बताना नहीं आता क्या ?

तुम समझदार तो बहुत हो
फिर भी नफरत के आग में जलते हो,
क्या हुआ, तुम्हें खुदको
समझाना नहीं आता क्या ?

रूठा हुआ हूँ मैं तो
ऐसे ही छोड़ के चले जाओगे तुम,
एक बात बताओ, तुम्हें
मनाना नहीं आता क्या ?

और जाते हो तो मुझमें
खुदको थोड़ा छोड़ के जाते हो
तुम्हें पूरी तरह जाना
भी नहीं आता क्या ?

ये आदत सही है क्या ?

गलती तुम करते रहो
माफ़ी बस मैं माँगू
ये आदत तुम्हारी सही है क्या ?

तुम नियम और सर्त में घेरे रखो
मैं बेसर्त मोहब्बत करता रहूँ
ये जरूरत तुम्हारी सही है क्या ?

तुम मेरे ख़्वाहिश को कुचल कर
अपनी मन मानी करो।।।
ये नियत तुम्हारी सही है क्या ?

मुझे रूठने की इजाज़त भी नहीं
और तुम्हारी गलतियों के बाद भी मैं मनाऊँ
ये हठ तुम्हारी सही है क्या ?

तुम अपने सपनें के पीछे भागो
मैं तुम्हारे पिछे बस दौड़ू
ये चाल तुम्हारी सही है क्या ?

हर दिन तेरे बदलते रंग
और मुझसे एक जैसे ही प्यार की उम्मीद,
ये उम्मीद तुम्हारी सही है क्या ?

तुम ना पढ़ो, ना समझो, लफ्ज़ मेरे
मैं तुम्हारे खामोशी को भी समझा करूँ।।
ये जिद् तुम्हारी सही है क्या ?

ये जो हक़ तुम जता रहे हो मुझपें
किस हक़ से हक़ जता रहे हो मुझपे

सोचा ना था

तुम से भी कुछ कहने में
ऐसी ही हिचकिचाहट होगी
सोचा ना था

तुम अपने नहीं रहे
इस बात की घबराहट होगी
सोचा ना था

एक दूसरे से मुंह फेर ले
इसकी भी इज़ाज़त होगी
सोचा ना था

तेरे मेरे बीच सच नहीं
झूठ की बनावट होगी
सोचा ना था

एक दूसरे से अलग रास्ते पे
चलने की आहत होगी
सोचा ना था

मेरे दिल को तेरी सोच से
बगावत होगी
सोचा ना था

नफ़रत के साथ तेरी ही
इबादत होगी
सोचा ना था

हम दोनों के बोली में एक दूसरे के लिए
इतनी कड़वाहट होगी
सोचा ना था

मेरे दिल में बस के तू
और किसी की अमानत होगी
सोचा ना था।

कुछ अलग सोचा था ज़िन्दगी
पर बदलते तुम भी तो अच्छे ही लगते हो

❦ माधव कुमार झा ❦

क्या तुम भी चले जाओगे

सूरज जैसे डूब जाता है
वो दिन जैसे ढल जाता है
चाँद भी एक समय के बाद गायब ही रहता है
और रात भी पता नहीं कैसे निकल जाता है

नदियों की पानी चट्टानों को तोड़ के भी चली जाती है
पोखरा का पानी भी उसी में सुख जाती है
बादल से बरसे पानी ज़मीन में सिमट जाती है
ये बड़े बाढ़ भी खत्म हो रुक जाती है

ये सुख भी ज्यादा रहता नहीं
ख़ुशी भी आती चली जाती है
दर्द है कुछ देर से पास मेरे
पर ये भी कही निकल जाती है

ये घाव भी भर जाता है
आँसूं भी खत्म हो जाता है
दिल को सम्हालो जितना भी तुम
एकदिन किसी पे फिसल जाता है

जब देखा मैंने दुनिया को
तब कुछ भी हमेशा के लिए मुझे दिखा नहीं
जो आज था सबसे बड़ा
वो कल शायद बाकी भी रहा नहीं

जब सब को देखता हूँ
डर लगता है
कुछ भी बाकी नहीं रहा यहाँ
कुछ भी हमेशा के लिए नहीं रहता यहाँ

और सोचने लगता हूँ

क्या तुम भी चले जाओगे ?
क्या तुम भी नहीं ठहरोगे ?

सब चले जाते हैं छोड़ के एक ना एक दिन
तुम सबसे आखिरी में जाओ ये चाहता हूँ मै

मुझे तू बदला सा लगता है

तेरे दिल में क्या है, तू ही जाने
मुझे तेरा बर्ताव बदला सा लगता है

हक़ीक़त की बात ना करो तुम
मुझे तेरे ख़्वाब बदला सा लगता है

अकेले में तो डरते सब हैं यहाँ
मुझे तेरा साथ बदला सा लगता है

जवाब क्या दूँ मैं तेरे सवालों का
तेरे पूछने का अंदाज़ बदला सा लगता है

तेरे बदलने से फर्क क्या है, क्या बताऊँ
अब अपना सारा संसार बदला सा लगता है

तेरे दिल में क्या है, तू ही जाने
मुझे तेरे बर्ताव बदला सा लगता है।

भारी लगता है

पाव जम से गए है कहीं
उठाना भारी लगता है
ये दिल में कुछ है दबी हुई
मेरा मन भारी लगता है

मेरा ज़हन में कोई अटक गया है
ये सोच भारी सा लगता है
तुम धड़कन में छुपे हो क्या
मुझे अपनी साँस भारी लगता है

किसी का आना अब तक ना हुआ
ये आस भारी लगता है
समुन्दर भरा पड़ा है, पर खारा पानी
मुझे अब ये प्यास भारी लगता है

अमावस है, सितारों से सजी हुई
पर चाँद बिन रात भारी सा लगता है
सिर्फ तुम्हारी यादें बची है
तुम बिन ये याद भारी सा लगता है

जिंदगी बदली कुछ इस तरह
बैठता हूँ कहीं पे और मैं अब उठ नहीं पाता
दुनिया रूठा है मुझसे, कोशिश मेरे छोड़ने की
और खुदकी ज़िन्दगी से छूट नहीं पाता।

ये तस्वीर तेरी मुझसे बात नहीं करती

सिर्फ सुनती है
मुझसे बात नहीं करती
ये तस्वीर तेरी
मुझसे बात नहीं करती

सब सुन के भी
कुछ सवाल नहीं करती
ये तस्वीर तेरी
मुझसे बात नहीं करती

मुस्कुराए बस
शांत है रहती
ये तस्वीर तेरी मुझसे
बात नहीं करती

देखती रहती है मुझे
ये अपनी पलकें तक नहीं झपकती
ये तस्वीर तेरी
मुझसे बात नहीं करती

मुझे पता ही नहीं चल रहा
ये क्यों ऐसे चुप चुप है रहती है
ये तस्वीर तेरी
मुझसे बात नहीं करती

ऐसा स्वभाव है उसका या
शायद मुझसे नाराज है रहती
ये तस्वीर तेरी
ना जाने क्यों मुझसे बात नहीं करती।

तू एक चंचल सी लड़की और
तेरी तस्वीर बहुत गुमसुम सा

तेरे साथ ना जाने कितनी बार मैंने जबरदस्ती की है

तू रहना न चाहे मेरे साथ
और मैंने तुझे हर बार रोकने की कोशिश की है
मैं बहुत बुरा हूँ ना
तेरे साथ ना जाने कितनी बार जबरदस्ती की है

तू दिल अपना देना ना चाहे
और मैंने तुझसे लेने की कोशिश की है
मैं बहूँत बुरा हूँ ना
तेरे साथ ना जाने कितनी बार जबरदस्ती की है

तू हर बार रूठे मुझसे
तुझे मनाने की कोशिश की है
मैं बहुत बुरा हूँ ना
तेरे साथ ना जाने कितनी बार जबरदस्ती की है

तू मुझसे प्यार ना करें
और मैंने अपना बनाने की कोशिश की है
मैं बहुत बुरा हूँ ना
तेरे साथ ना जाने कितनी बार ये जबरदस्ती की है।

यादें तुम आओ अभी

यादें, तुम आओ अभी
अभी तो मैं ज़िंदा हूँ
दिन में नहीं, अँधेरे में आना
उजाले से थोड़ा शर्मिंदा हूँ

आखिरी जो है कुछ पल, तेरे साथ और गुज़रे
दिल तुझसे अभी मेरा भरा नहीं
यादें, रहम ना कर, थोड़ा बेचैनी बढ़ाओ
बेशक दिल टुटा है पर अभी मरा नहीं

कह कह कर थक गया हूँ
अब कहने को कुछ बाकी रहा नहीं
तेरे जाने के बाद मौत आयी मुझे
लेकिन हर पल मर के भी मरा नहीं

बौखलाई ये रूह मेरी
जैसे दिए बुझने से पहले होती है
तेज़ साँसें मेरी
जैसे धड़कन डूबने के वक़्त होती है

समय कम है मेरे पास अब
याद एक आखिरी बार आओ
फिर उन लम्हों को जीना चाहता हूँ
वो नहीं मिली पर तुम यादें तो मिल जाओ

तुझे याद करते हुए मैं सब कुछ छोड़ रहा हूँ
जितने वादे थे किए सबको तोड़ रहा हूँ
सांसे ले चुका हूँ आखिरी धड़कनों से मुंह मोड़ रहा हूँ
मेरे जाने का ग़म होगा क्या तुझको
ये सोचके ज़िन्दगी को छोड़ रहा हूँ

कभी तू मुझको याद करेगी
मेरे बारे में कभी तो सोचेगी
प्यार समझ जायेगी तू मेरी
मेरे जाने के बाद शायद
मेरे मौत पे दो आँसूं तो रोएगी

मौत पे मुझे अपनी
कोई ग़म नहीं
पता है मुझे
तेरे लिए मैं
एक बोझ गलत सोच रहा हूँ।

बहुत गलत हो गया हूँ मैं
खुदको सही साबित करते करते

ऐसे कुछ खास तरीके से मिला था वो

कभी नहीं जाऊँगी छोड़ के तुम्हें मैं
ऐसी बड़ी बड़ी बातें करके मिला था वो

हम बुरे थे या दिल भर गया
बताओ कुछ, जाने की वजह तो हो

मेरे तरफ से गलती हुई तो ठीक है
मैं उम्र भर ऐसे तड़पने के लिए तैयार हूँ

अगर ये तुम्हारी गलतफहमी और भ्रम है
तो जान ऐसी बेरहम बनके सजा तो ना दो

तुम गए ऐसे जैसे हम दोनों के बीच कुछ था ही नहीं
ऐसी बात है तो मुझको बता भी दो

नज़रों पे तेरी प्यार की बहुत मोटी चादर है
अब सच से रूबरू हो, झूठ की पट्टी भी हटा दो

जीना चाहता था सुकून से मैं, जो तेरे बिना मुमकिन नहीं
भुल जाऊँ सब कुछ पहले की बातें ऐसी कोई दवा हो तो दो

सच कहूँ तो, थक गया हूँ खुदको समझते समझाते
चलो ऐसा करो, मुझे हमेशा के लिए सुला दो।

तुम नहीं होते

याद में, दिल में, जेहन में
फिर पन्नों पे उतारा करते हैं

उलझे हुए हमारे रिश्ते को
एकतरफा दिल में ऐसे सँवारा करते हैं

एक बार में सब कुछ ठीक नहीं होता
हम सुलझाने की कोशिश दुबारा करते हैं

बेहरा मेरा इश्क़ है, सुनेगा नहीं
चीख मेरी, फिर भी पुकारा करते हैं

कभी तो याद आएगी तुम्हें मेरी
उस हिचकी की इंतज़ार में दिन गुज़ारा करते हैं

तुम नहीं हो तो क्या हुआ, मोहब्बत नहीं,
इश्क है किया, सज़दा आज भी तुम्हारा करते हैं।

अब अपना बना लो

एक तड़पन सी सीने में
बेचैन सी हो रही मैं है
बारिश में भीग रहा हूँ मैं
पर झुलसा हुआ दिल लगता जलन है

तेरे मेरे बीच दूरी भी बहुत
और अभी से लड़खड़ाए कदम है
डूबती हूँ यी साँसे मेरी
और बारिश की मौसम है

चल नहीं पा रहा
मैं थक गया हूँ
कदम फस गए इस दलदल में
मैं अटक गया हूँ

बनाने चला था तुझे अपना
खुदसे ही छूट गया हूँ
बिखरने ही वाला हूँ अब मैं
अंदर से टूट गया हूँ

मेरे हालत को देखो तुम
मुझे तुम ही अब सम्हालो
मैं तो तेरा ना हो सका
मुझे तुम ही अपना बना लो।

कुछ खेल किस्मत की इस तरह चलता रहा

सुबह से दिन, दिन से शाम
शाम से रात हुआ
ऐसे ही दिन बदलता रहा

वो रातें थी कुछ देर तक
मगर रात भी
वक्त के साथ ढलता रहा

कुछ रिश्ते दिल में थे
वक्त के साथ
रेत की तरह फिसलता रहा

कई नए लोग से मुलाक़ात हुई
और कई दोस्त बने
और बने हुए दोस्त भी बिछड़ता रहा

मैं इस सृष्टि के सामने,
बहुत छोटा हूँ, क्या कहता
तकदीर मान मैं साथ इसके चलता रहा

ये वक्त है, और वक्त के साथ है सभी
वक्त जब जब बदला
सब इसके साथ ही बदलता रहा

मैं इस सृष्टि के सामने,
बहुत छोटा हूँ, क्या कहता
तकदीर मान मैं साथ इसके चलता रहा।

बेसबर हो के राह देखे है तेरी
मेरी ये आँखें आजकल सोती नहीं है

मोहब्बत तुमसे ही रहेगी

—◆—

वो मेरी थी, अब मेरी नहीं है, पर मेरी ही रहेगी
दूरियां हो बेशक हम दोनों के बीच पर मोहब्बत उससे ही
रहेगी

दर्द है, जुदाई का, मुझे भी और उसे भी
ये इश्क़ ऐसा है हम दोनों का, कुछ भी हो तलाश एक दूसरे की
ही करेगी

वो मेरा हुआ या नहीं हुआ, इश्क़ को उससे क्या लेना देना
इतनी दूरियों के बाद भी, उससे इश्क़ है, दिल के करीब मेरे
हमेशा वहीं रहेगी

मेरे हिस्से में वो आए या ना आए, रब की मर्जी,
पर नाम मेरा लिया जाएगा जब जब, साथ में उसकी नाम भी
रहेगी

जाना मैंने की मेरी तक़दीर में तू नहीं है
फिर भी नाकाम कोशिश ही सही, तेरे साथ होने कि, ताउम्र
रहेगी

वो मेरी थी, अब मेरी नहीं है, पर मेरी ही रहेगी
दूरियां हो बेशक हम दोनों के बीच पर मोहब्बत उससे ही
रहेगी।

कहा था तुमने मिलेंगे एक दिन

कहा था तुमने,
मिलेंगे हम एकदिन, सही समय का इंतज़ार करो
रोज़ तुम्हें और दूर होते देखता हूँ
बोलो कैसे ना दिल को ये फिक्र हो

कहा था तुमने, मिलेंगे हम एकदिन
तब तक के लिए, मुझसे नहीं खुद से प्यार करो
तुम्हें देखे सदियां बीत गयी
बोलो कैसे ना दिल ये बेकरार हो

कहा था तुमने, मिलेंगे हम एकदिन
ग़म ना करो, तुम खुश रहो
कोई रास्ता, कोई तरीका ही नहीं दिखता
बोलो कैसे ना दिल बेचैन हो

कहा था तुमने, मिलेंगे हम एकदिन
दिखाया सपना और कहा चैन क्ि सांस लो
ना मिलते हैं तुमसे, ना बात होती है
बोलो कैसे ये दिल में तड़पन ना हो

सोचता हूँ, अब इन तन्हा रातों में
वो सही समय कब आएगा
सोचता हूँ, मैं इन डरावनी काली रातों में
हम दोनों साथ होंगे कब ये वक़्त आएगा

सोचता हूँ, मैं, काश वो सही
समय का इंतज़ार ना करता
जो चल रहा था उसी को सही मान
तुझसे प्यार करता

सोचता हूँ मैं,
मैंने अपनी ज़िद्द ना छोड़ी होती
सोचता हूँ मैं,
मैंने तुझे उस दिन जाने ना दी होती

तो तुम मेरे और मैं तुम्हारे साथ होता
कास उस दिन सही समय आने का
इंतज़ार ना किया होता
काश तुम्हारी वो एक बात मैंने ना माना होता
तो शायद ये वक़्त ना आता
तो शायद तेरे साथ होता।

क्या तुम मुझे
"तुम" दे सकते हो

फिर मिलेंगे कही

बहुत दिन से है ये खालीपन
बादलों से घिरा है ये आसमान
ये रातें लम्बी सी लगे मुझे
तुम्हे ढूँढूं मैं यहाँ वहाँ

सब बिखरा सा लगता है
ना जाने तुम कहाँ, मैं कहाँ
बचपन की बातें मुझे याद आये
लगा दूर हूँ मैं सबसे हो गया

ये ज़िन्दगी जो एक समय सी
रुकता नहीं चलता ही रहा
ग़म ना करो, मिलेंगे हम एकदिन
फिरसे इस सफर में, मेरे दिल ने है कहा

मेरे गलियों से दिखे जो चाँद
उससे तुम भी देखना
उन सितारों से तुम बातें करना
हवाओं से मेरा पता पूछना

ये ज़िन्दगी की सफर रुकती नहीं
चलते ही है रहना
बदलते हालत मेरे, इसके साथ
खुदको भी है बढ़ना

सबके सपनें यहाँ हैं बड़े
कुछ ना कुछ की तलाश है कर रहा
दोस्ती को भूले नहीं कोई
पर साथ भी ना कोई रह सका।

ज़िन्दगी में, ज़िन्दगी से, ज़िन्दगी की उम्मीद है
मैं ज़िन्दगी में, ज़िन्दगी को तलाश कर रहा हूँ

तुम कातिलों का मकान हो

मौत हुई थी जहाँ मेरे वजूद का,
वहाँ तू भी थी
तेरे कदमों के वहाँ निशान है

कत्ल किया गया मेरे खुशियों का,
वो कातिल रहता तुझमें
तू ही कातिलों का मकान है

जहाँ जले हैं मेरे अरमान सारे
वो दिल मेरे
वो दिल ही मसान है

एक तू जेल सी
प्यार तेरा जाल सा
तेरे अलावा खुला सारा आसमान है

फिर भी दिल तेरे पास ही गया
बेवकूफ दिल मेरा
ना समझ ये बहुत ही नादान है।

जमाना हो गया

कटती है रातें ना जाने कैसे
सुकून की नींद आए ज़माना हो गया

वादे किए थे जन्मों साथ निभाने की
ना जाने वो शख़्स, बीन बताए कहाँ रवाना हो गया

याद है मुझे, वहीं थी जिसने ज़ीना सिखाया था
आज उनके ही अदा ना जाने क्यों कातिलाना हो गया

पहले कद्र थी मेरे सवालों का, उन्हें इश्क़ लगता था
अब कुछ पूछना, हक़ जताना हो गया

मेरा साथ जिसे पसंद था सबसे ज्यादा
आज उसका नाम लूँ भी तो उनको सताना हो गया

कटती है रातें ना जाने कैसे
सुकून की नींद आए ज़माना हो गया।

इस कदर तन्हा

पता नहीं आँख खुले हैं या बंद हैं
मैं इस अंधेरे में हूँ इस कदर तन्हा

मेरे साथ तू हरदम रहती तो है
पर ना जाने क्यों लगे तेरा असर तन्हा

कोशिश करके देखा मैंने सब कुछ
छुटा है जैसे कोई एक कसर तन्हा

दुनिया समझ गए मेरे इश्क़ को
पर बस एक तू है बेखबर तन्हा

कातिल घूमते हैं बहुत यहाँ
मगर मरने ना दे इश्क़ वो जहर तन्हा

लाखों हैं महफिल में साथ मेरे
पर बिना तेरे लगे ये शहर तन्हा।

बरसों बाद जो तूने आवाज़ दी हैं
कदम ऐसे लड़खड़ाए ख़ुशी से
की साँसें थम गयी

❧ माधव कुमार झा ❧

ना जाने कैसे मुझमें बस गए हो तुम

ना जाने कैसे मुझमें बस गए हो तुम
भूल जाता हूँ खुदको पर याद रहते हो तुम

वादे हजार तेरे, तू तोड़ के गई, उसका कुछ नहीं,
एक छोटी गलती मेरी, गुनहगार हूँ, कहते हो तुम

अरसा हुआ एक, इन आँखों को तुम नजर ना आए
पर ना जाने कैसे मेरे साथ हरदम फिर भी होते हो तुम

याद मुझे आए, हिचकियां तुम्हें आती है
सुना है, बेचैन जब मैं होता हूँ, रोते हो तुम

एक पल भी बरसों लगते हैं, तुम्हारे बिना
जी लो ना पूरी ज़िन्दगी मेरे बिना कहते हो तुम

मुमकिन है क्या, की तेरे बिना पूरी ज़िन्दगी जी लूँ
मेरे हालत के बारे में भी, क्या कभी कुछ सोचते हो तुम

कुछ भी सजा दो, पर तुम मेरे साथ रहो
अब माफ भी कर दो ना, क्यों इतना कठोर होते हो तुम

अब आजाओ ना, सब ठीक करते हैं फिरसे
क्यूँ रंजिशें दिल में लेके बैठे हो तुम

क्या बताऊँ, क्या हो, मेरे लिए तुम
मैं कुछ ना कहूँ, फिर भी मेरे सब कुछ होते हो तुम

ना जाने कैसे मुझमें बस गए हो तुम
भुल जाता हूँ खुदको पर याद रहते हो तुम।

ख़ामोशी ! पढ़ सकते तुम अगर
तो चींख मेरी सुनाई देती

तुम खूबसूरत ठंडी शाम लगे

काली अंधेरे रात की ओर ले गए तुम
तुम खूबसूरत ठंडी शाम लगे

तुमसे मिलके महकता हूँ, बहकता हूँ
तुम मिश्रण, इत्र और नशीली जाम लगे

तुम दिल को सुकून दे वो दिव्य परी हो
मेरे रखे हूँ ए, "एंजल" नाम लगे

शहर आया था तेरा मैं तुझसे मिलने
नाम हमारा वहाँ कुछ बदनाम लगे

दिल जीत लिया था तेरा, मुझे भ्रम था ऐसा
कोशिश जैसे सारा मेरा नाकाम लगे

काली अंधेरे रात की ओर ले गए तुम
तुम खूबसूरत ठंडी शाम लगे।

वादा है ज़िन्दगी

उसके बिना खुश तो नहीं रह सकता
पर जीऊंगा ये वादा है ज़िन्दगी

दिल में हो तुम, मेरे साथ नहीं
लगे मेरा आधा है ज़िन्दगी

अकेला रह जाता हूँ हमेशा मैं
कभी किसी के साथ साँझा हो ज़िन्दगी

मिलते क्यों है, जो मेरे नहीं हो सकते
ना जाने क्या तेरा इरादा है ज़िन्दगी

उसको ले गया, अब यादों के तले मत दबा
ये दर्द कुछ ज्यादा है ज़िन्दगी

उसके बिना खुश तो नहीं रह सकता
पर जीऊंगा ये वादा है ज़िन्दगी।

वफादार थी वो

वफ़ादार थी वो
वफ़ा दे गई
वो जाते भी
दुआ दे गई

दुःखों को मिटा के
वो मेरे,
सुखों का मुझको
पता दे गई

दर्द मुझसे सब
ले लिया उसने,
मेरे हर ज़ख़्म का
दवा दे गई

मुझे जन्नत महसूस
कराया उसने
ना जाने वो मुझे
कौन सी जगह ले गई

खुद से मिलाया है
उसने मुझे
सुकून से जीने की
वो वजह दे गई

वफ़ादार थी वो
वफ़ा दे गई
वो जाते जाते भी
दुआ दे गई।

तुम रुठे रहो,
मैं मनाते रहूं,

ज़िन्दगी ऐसी भी तो अच्छी ही है

मैं तुझसे तेरे जाने के बाद प्यार नहीं करता

———◆———

तेरे जाने के बाद नींद अच्छी आती है
दूसरे आशिक़ों की तरह रात भर जाग कर
तुझे याद नहीं करता
तुम मुझे कभी याद नहीं आते हो
मैं तुझसे तेरे जाने के बाद प्यार नहीं करता

खुदकी ज़िन्दगी जी रहा हूँ अच्छे से
तेरी कमी महसूस नहीं होती मुझे
मैं अपने साथ अब मजे में हूँ रहता
तुम मुझे कभी याद नहीं आते हो
मैं तुझसे तेरे जाने के बाद प्यार नहीं करता

मैं सबसे मिलने लगा हूँ
दोस्त अब मेरे भी बनने लगे है
सबसे बात अब मैं खुल के हूँ करता
तुम मुझे कभी भी याद नहीं आते हो
मैं तुझसे तेरे जाने के बाद प्यार नहीं करता

सब को मैंने आपने किस्मत मान लिया है
तुम मेरी नहीं हो ये भी जान लिया है
अब मैं बस अपने लिए जीता मरता
तुम मुझे कभी याद नहीं आते हो
मैं तुझसे तेरे जाने के बाद प्यार नहीं करता

तुम्हें भुल गया हूँ मैं
तुझसे दूर भी हो गया हूँ मैं
अब मैं किसी ग़म को नहीं सहता
तुम मुझे कभी याद नहीं आते हो
मैं तुझसे तेरे जाने के बाद प्यार नहीं करता

जो हो गयी हो तसल्ली तुझे
ज़िंदा हूँ तेरे जाने के बाद भी
मैं एक आग हूँ जो खुद में जल रहा

सब सही है मेरा मगर बर्बाद भी।

चाँद सा साफ़ तुम
दाग सा काला मैं

❦ माधव कुमार झा ❦

सब कुछ बिखरा सा लगता है

आँखों में नींद नहीं
चैन भी दिल को कम आये
बेचैन सा रहता हूँ आजकल
जैसे बिन पानी मछली छटपटाये

खामोश रहता हूँ आजकल
पड़ा रहता हूँ किसे कोने में
दिल सिसकता रहता है बेवजह
हिचकिचाए खुल के रोने में

दिल टूटा है मेरा शिकायत मुझे इससे भी
रुकता क्यों नहीं क्यों धधकता है ये अभी
हालत है जो मेरा, वजह तुम पता है इसको
फिर भी तुमसे है प्यार इससे अभी भी

सोचता हूँ कभी कसुर क्या था
जो ये सारे ग़म मुझको मिले
पहले तुम्हें ही हसीन सपना दिखाया
और मेरे हाथ तुमने छोड़ दिए

कुछ ख़्वाब अधूरे हैं
कुछ ख़्वाब पुरे नहीं हुए
जिसको चाहा था मैंने सबसे ज्यादा
वो फिर भी मेरे नहीं हुए।

बाकी है

तुमसे बात ना करना
तुमसे प्यार ना करना
दूर होना भी बाकी है

तुझे भुलाना
कोई दूसरे को प्यार करना
और उसे अपना बनाना बाकी है

वो ज़िन्दगी से दूर जा के
मौत से मिलना
और उस मौत को गले लगाना बाकी है

ये ग़म की आँसूं को छुपा के
बिखरे दिल को उठा के
मुस्कुराना बाकी है

सब मुझमें ही मिल गया है मुझे
अब किसी की जरुरत महसूस नहीं होती।

जा रहा हूँ

तेरे सारे ग़म को लिए जा रहा हूँ
तुझे अपनी सारी खुशियाँ दिए जा रहा हूँ
टूट गया है, दिल तुझसे बिछड़ने के बाद
दिल में तस्वीर है तेरी उसे देख मुस्कुरा रहा हूँ

ख़ुशियाँ मांगी खुदा से तेरे लिए तुझे मांगने से ज्यादा
प्यार किया मैंने, चाहा तुझे खुदसे भी ज्यादा
कोशिशें पूरी रही मेरी खुश रखने की तुझे
बदकिस्मत मैं, तेरा साथ मिला अधूरा आधा

अब बकबक तुझे सुनाई नहीं देगी
अब तुझे मुझसे नफ़रत करने की ज़रूरत नहीं
मैं तो छोड़ जाऊँगा अब सब कुछ
तू जिसके साथ चाहे उसके साथ खुश रह सकेगी

चाहूँगा तुझे मैं तेरे जाने के बाद भी
रखूँगा तुझे दिलमे खुदा की तरह हमेशा
जो रहूँगा तेरे पीछे परछाई बन के साथ तेरे
पर तेरी उन आँखों को मेरी मौजूदगी दिखाई नहीं देगी

तेरे सारे ग़म को लिए जा रहा हूँ
तुझे अपनी सारी खुशियाँ दिए जा रहा हूँ
टूट गया है दिल, तुझसे बिछुड़ने के बाद
दिल में तस्वीर है तेरी उसे देख मुस्कुरा रहा हूँ।

तेरे बेवफ़ाई की आग में

तेरे बेवफ़ाई की आग में जल के
मैं निखर गया
कभी पिघला मोम की तरह
और कभी टूटे शीशे जैसे बिखर गया

उम्मीदें सारी टूट गयी
दिल मेरा खुदसे ही रूठ गया
आँसूओं में डूबा था मैं
और ये रूह ना जाने कैसे झुलस गया

गयी जब तू तो पता चला
वादे झूठे तेरे बातें थी तेरी बस फिल्मी
बरसो से ख़्वाहिश थी बस तेरी
और मुझे तू ही ना मिली

छोड़ के गयी, इसका दर्द नहीं मुझे
झूठी आस में रखा तूने
तेरे जाने के बाद मर ही जाऊँगा
ये भी ना सोचा तूने

बस दुआ है एक की
मेरे इस बाग़ी दिल की हाय ना लगे
इस पाप से बच जाए तू
बेवफ़ाई के बाद भी बेवफ़ा का दाग ना लगे।

तुम चाहे कोई भी हो

तुम चाहे कोई भी हो
मुझे बात नहीं करनी

तुम चाहे ये हो
तुम चाहे वो हो
पर मेरे लिए अब तुम कौन हो
तुम चाहे कोई भी हो
मुझे बात नहीं करनी

मेरे सबसे ख़ास हो
दिल के मेरे बहुत पास हो
पर अब तुम बस मेरे लिए राख हो
तुम चाहे कोई भी हो
मुझे तुमसे बात नहीं करनी

तुम मुझसे बड़े हो
तुम मुझसे छोटे हो
पर अब मेरे लिए तुम कौन होते हो
तुम चाहे कोई भी हो
मुझे तुमसे बात नहीं करनी

तुम मेरे लिए पराये हो
तुम मेरे अपने हो
पर अब हक़ीक़त से परे वाले सपनें हो
तुम चाहे कोई भी हो

मुझे बात नहीं करनी

अधूरे से हम तेरे लिए पूरे कैसे होंगे
दिल में तेरे कोई और बसे तो उसमें हम कैसे रहेंगे
अकेले जियूँ मैं, अब मंज़ूर मुझे तनहाई है
तेरे साथ रहके, तेरा ना होने का ग़म नहीं सहेंगे।

तेरी बातें झूठी लगती है मुझे
नाजाने क्यों तुम अब मुझे अच्छे नहीं लगते

पूछे मुझसे सभी

पूछे मुझसे सभी
तेरे जाने के बाद
क्या मैं उदास हुआ
क्या मैं अकेला था

मेरा जवाब कुछ ऐसा था उन सब के लिए

मुझे वक़्त कहा मिला
जो मैं अकेलापन महसूस करूँ
जो मैं उदास हो सकूँ

वो हमसे मिलते हैं
अभी भी
मेरे याद बनके

वो हमसे दीदार करते हैं
अभी भी
आसमान में चाँद बनके

दिन भर उन्हें सुनता हूँ मैं
रात भर उनसे बातें करता हूँ

वो नहीं है साथ मेरे
पर अभी भी खोने से डरता हूँ
मुझे लगे

मैं हरपल उनके के साथ अभी भी रहता हूँ।

जिसे हासिल नहीं है तू, वो ढूंढे तुझे दुनिया में
फिक्र क्यों करूँ मैं, पा लिया है तुझे मैंने अब खुद में ही

ये इत्तफाक नहीं

तेरा मुझसे मिलना
मेरा तुझसे मिलना
ये इत्तफ़ाक़ नहीं
लिखी हुई बात थी

तेरा मुझको दिल देना
मेरा तुझको दिल देना
ये इत्तफ़ाक़ नहीं
लिखी हुई बात थी

तेरा मेरे करीब होना
मेरा तेरे करीब होना
ये इत्तफ़ाक़ नहीं
लिखी हुई बात थी

तेरा मुझसे झगड़ना
मेरा तुझसे झगड़ना
ये इत्तफ़ाक़ नहीं
लिखी हुई बात थी

तेरा मुझसे बिछड़ना
मेरा तुझसे बिछड़ना
ये इत्तफ़ाक़ नहीं
लिखी हुई बात थी

तेरा मुझसे बिछड़ के रोना
मेरा तुझसे बिछड़ के रोना
ये इत्तफ़ाक़ नहीं
लिखी हुई बात थी

रोते रोते तेरा टूटना
रोते रोते मेरा टूटना
ये इत्तफ़ाक़ नहीं
लिखी हुई बात थी

टूटकर तेरा बिखरना
टूटकर मेरा बिखरना
ये इत्तफ़ाक़ नहीं
लिखी हुई बात थी

बिखर के तेरा संभलना
बिखर के मेरा संभलना
ये इत्तफ़ाक़ नहीं
लिखी हुई बात थी

संभल के तेरा खुदको पाना
संभल के मेरा खुदको पाना
ये इत्तफ़ाक़ नहीं
लिखी हुई बात थी

चलो मान लिया
जो भी हुआ
तेरे मेरे साथ

सब लिखी हुई बात थी
हम खुदसे मिल जाए
हम खुदमे मिल जाए
इसके लिए ही ये पूरा खेल था
और यही एक सच बात थी।

यूँ तो गलतियों का एहसास हैं मुझें
पर तुमसे माफ़ी की उम्मीद भी थी

ये बताती है मेरी डायरी

---◆---

पहले क्या था
अब क्या हूँ
ये बताती है मेरी डायरी

पहले तुमसे प्यार था
अब तेरी बस याद है
ये बताती है मेरी डायरी

पहले मैं, मैं था
अब मैं तुम हूँ
ये बताती है मेरी डायरी

पहले कहानी था मैं एक
अब टूटा हुआ शायरी हूँ
ये बताती है मेरी डायरी

पहले मेरे पास क्या था - तुम
अब मेरे पास क्या है - टूटा हुआ मैं
ये बताती है मेरी डायरी

पहले क्या पसंद था
अब क्या ना पसंद है
ये बताती है मेरी डायरी

पहले मैं क्या करता था
अब मैं क्या नहीं करता
ये बताती है मेरी डायरी

तुमसे प्यार कितना था
तुमसे प्यार कितना है
ये बताती है मेरी डायरी।

ज़िद्दी बहुत हूँ मैं
मुझे झुकने का डर नहीं
टूटने का डर है

नहीं बदल सका तो बेकार हूँ मैं

मेरा नज़रिया बदला ही नहीं
तुम जैसे थे मेरे लिए वैसे ही हो

इतने कोशिशों के बाद भी
अगर मैं वही हूँ
तो बेकार हूँ मैं

अगर समय के साथ खुद को
थोड़ा भी बदल ना पाया
तो बेकार हूँ मैं

बिगड़ा था तो सुधर जाता
सुधरा था तो और अच्छा हो जाता
समय तो बदल गया
मौका था मेरे पास भी
मैं भी थोड़ा बदल जाता

अगर तुम्हारी नज़रों में
जैसा था वैसा ही हूँ
तो सच में बेकार हूँ मैं

अगर तुमसे जितना दूर था
अब भी उतना ही दूर हूँ
तो सच में बेकार हूँ मैं।

इन्द्रधनुष

पहला दूसरा तीसरा या आख़िरी
कौनसे क्रम हो तुम

इन्द्रधनुष के सातों रंग में
कौनसे रंग हो तुम

सब तुम्हें अपना कहते हैं
पर किसके संग हो तुम

तुम खुद में ही पूर्ण हो
खुदमे ही मलंग हो तुम

तुम सच में इतने अच्छे हो
या कोई भ्रम हो तुम

मिले हो मुझे तुम, लगता है,
पिछले जन्म का कर्म हो तुम

इन्द्रधनुष की उन सातों रंग में
कौनसे रंग हो तुम।

लेखक के बारे में

---◆---

अभी स्नातक की पढ़ाई कर रहे माधव को अंग्रेजी हिंदी और नेपाली भाषाओं में कविता और कहानी लिखना पसंद है। लिखने के अलावा उनको ज़िन्दगी से जुड़ी किताब पढ़ना भी बहुत पसंद है। ज्योतिषशास्त्र, योग इन सब में भी इनकी रुचि बहुत है।